Mark Sarg

Die prosperierende Leiche

Mark Sarg

Die prosperierende Leiche

Bizarre Kurzgeschichten

Goldene Rakete Verlag für Belletristik

Imprint

Cover image: www.ingimage.com

Publisher:
Goldene Rakete Verlag für Belletristik
is a trademark of
International Book Market Service Ltd., member of OmniScriptum Publishing Group
17 Meldrum Street, Beau Bassin 71504, Mauritius
Printed at: see last page
ISBN: 978-620-0-51937-5

INHALTSVERZEICHNIS

DER SCHARFRICHTER

Nachdem Richter Calypso Masthirn die Heiratsschwindlerin Madame Mélusine Graugans zu einer milden Bewährungsstrafe verurteilt hatte, suchte er sie wenig später abends auf:

„Ihre Geschichte hat mich total ***scharf*** gemacht, meine Gnädigste. Wollen Sie ***mich*** nicht ehelichen?" Höhnisch lachend wies sie ihm aber nur die Tür.

„Dann gestatten Sie, Madame, dass ich mein Urteil nachträglich ***revidiere***."

Und er erwürgte sie.

DER URKNALL

Physiker Ernesto Cravallino knallte seine Uhr auf den Tisch, weil sie nicht mehr funktionierte – worauf sie plötzlich wieder zu ticken begann.

„Jetzt endlich weiß ich auch, wie wohl der ***Urknall*** entstanden sein muss!“, jauchzte er – und freute sich schon auf den Nobelpreis.

DIE UNERSCHROCKENE

Nachdem Lady Samantha Sauhüpfer unerschrocken genug war, die Weltbühne zu ***betreten***, war sie doch tatsächlich noch so unerschrocken, sie auch wieder zu ***verlassen***!

Die Wagemutige erschrak erst dann, als sie realisierte, dass sie dies mit sämtlichen Erdenbewohnern ***gemein*** hat!

DER UNERSCHROCKENE (2)

Oberstudienrat Dromedarius Hasenfell war derart unerschrocken, dass er im Laufe der Zeit nicht einmal mehr vor seiner Gattin Amarinda erschrak.

Entrüstet und enttäuscht ließ sie sich daher scheiden.

DER PAPST ALS WASSERPFEIFE

Einerseits wegen seiner Neigung, jedes vorgelegte Dokument äußerst willfährig und ungeprüft zu unterzeichnen, als „Pfeife" geringgeschätzt, liebte Papst Mohnschnabel der Elastische anderseits nichts so sehr wie ausgedehnte Bootsfahrten.

Weswegen er auch ganz folgerichtig als „***Wasser***pfeife" in die Annalen einging.

DER PAPST ALS GOCKELHAHN

Da Papst Perlkopf der Glamouröse die Nonnen eines benachbarten Klosters gerne als „Hennen" charakterisierte, versteht es sich von selbst, dass er bei ihnen immer als Gockelhahn auftrat.

Sie umschwärmten ihn entsprechend und dankten es ihm, indem sie viele heilige Eier legten – und damit für eine stattliche Nachkommenschaft sorgten.

DER PAPST ALS STRUDELTEIG

„Dieses vermaledeite Amt zieht sich ja wie der reinste Strudelteig!“, lautete Papst Kleinhengsts XII. nüchterne Bilanz nach dreißigjähriger erfolgloser Regentschaft.

Und er bot sich dem Schöpfer selber als heiligen Strudelteig dar, wenn er ihn dafür von seinem Erdendasein entbände.

Zwar überging dieser das Anerbieten großzügig – aber „wie durch ein Wunder“ wurde der Amtsmüde dennoch bald darauf von der Welt abberufen …

DER PAPST ALS TAUGENICHTS

Ohne jeden Zweifel ein exemplarischer Einzelfall, fühlte Papst Rosenkren der Unerreichte sich ausschließlich seinem ***persönlichen*** Gewissen unterworfen – weshalb er keinerlei sonstigen Einflüsterungen zu gehorchen bereit war.

Damit brachte er freilich die Kardinäle gegen sich auf, die ihn immerhin nicht ohne spezielle Erwartungen gewählt hatten.

„Dieser Kerl taugt für uns einfach nichts!“, befanden sie daher schon bald – und entfernten ihn wieder „auf geeignete Weise“ aus seinem Amt.

DER PAPST ALS KICHERERBSE

Sein Verstand war klein wie eine Erbse und er ***kicherte*** den ganzen Tag über die Segnungen Gottes und des Vatikans.

Verständlich, dass bei einer solchen Zuschreibung die Kardinäle überaus ***leichtes*** Spiel mit Papst Glotzkopf dem Bescheidenen hatten – und den Abgang ihrer „geliebten Kichererbse" daher unendlich bedauerten.

Weswegen sie ihm ein derart ***prunkvolles*** Begängnis bereiteten, dass ihm ***drüben*** noch das Herz kicherte.

DER GRUFTFREMDENFÜHRER

Baron Zito Grauaal war ein gewandter Verführer,
denn in seiner Eigenschaft als Gruftfremdenführer
brachte er Gäste mit „Einheimischen" zusammen
– die sich sonst ***garantiert*** niemals näherkamen.

Und für eine kleine Extratour –
spielte er gar Postillon d'Amour!

DIE LEIBHAFTIGE LEICHE

„Nun ***bin*** ich endlich eine leibhaftige Leiche!“, stellte Mademoiselle Dorabelle Brummmaus überaus ernüchtert fest, nachdem sie diesen Zustand seit ihrer Geburt sehnlichst herbeigewünscht hatte. „Aber ***klüger*** bin ich jetzt auch nicht!“

Folglich strebte sie schleunigst wieder zurück ins Leben.

Da musste sie sich zwar ein wenig gedulden – ***schlauer*** war sie indes dann immer noch nicht …

DIE SCHÜCHTERNE LEICHE

Miss Blanchett Hüttenmaus war noch als Leiche so schüchtern, dass sie immer, wenn Besucher auf dem Friedhof erschienen, rasch in ihr Grab zurückkroch.

„Warum gehst du denn überhaupt hinaus, wenn du dich nicht traust, dämliche Gans!“, warf ihr ihr Sarg einmal vor. Worauf sie mit einem Schlage ihre Schüchternheit ablegte – und ihm eine knallte.

Seitdem sind die beiden ein Herz und eine Seele!

DIE LEBHAFTE LEICHE

Monsieur Delarue Sargpudel war derart ***lebhaft***, dass sich der Friedhof rundweg weigerte, ihn als Dauergast zu beherbergen. Er wirke auf die Mitbewohner einfach zu „demoralisierend“.

„Umso besser!“, dachte er und kehrte triumphierend zurück ins Leben.

DIE SCHMUCKE LEICHE

So ***schmuck*** fand sich Madame Clorabelle Hinterpudel in ihrem finalen Zustande, wie sie es zu Lebzeiten nie gewesen war.

Denn all das, was sie so vehement gestört hatte, war nun endlich verschwunden oder fiel nicht mehr weiter auf: Ihr Bauch, ihre Glatze, der übermäßige Bartwuchs, die derben, verzogenen Brüste, die Gehbehinderung. Selbst ihr schräger Mund war jetzt kaum noch erkennbar.

Einzig ihr zufriedenes ***Grinsen*** schien etwas schief …

DER PAPST ALS KOCHSALAT

Da selbst der Teufel hin und wieder Wert auf eine „gesündere“ Ernährung legt, bereitet er sich ab und an auch einen Papst mal als Salat.

Ausschließlich ***gekocht*** freilich – denn roh wäre ihm dieser ***absolut*** unbekömmlich.

DER MEISTER DER ÜBERTREIBUNG

Den sprichwörtlichen Hexenwahn seiner Vorgänger schaffte Papst Großgaul I. noch mühelos zu übertreiben.

Er witterte wahrlich in allem und jedem getarnte Hexen – weshalb er sich folgerichtig am Ende ***selber*** verbrannte.

Für ***diese*** Übertreibung war man ihm jedoch aufrichtig dankbar!

DER MEISTER DER UNTERTREIBUNG

Er sei ein wahrer Meister der Untertreibung –
Papst Kleinmaul ***genoss*** diese Zuschreibung.

Denn er untertrieb wirklich alles, was er tat
und verzichtete auch ***gern*** auf seinen Ornat.

Doch ***übertrieb*** er die Untertreibung sogar –
indem er am Ende nicht mehr ***auffindbar*** war!

DER HUND UND DER TEUFEL

Ein Wachhund verbellte energisch einen Teufel – und selbst mehrere augenblickliche Verwandlungen des Entlarvten vermochten ihn nicht zu stoppen.

Erst als er sich als Arzt im weißen Kittel zeigte, lief der Hund mit panisch eingezogenem Schwanz winselnd davon.

DIE ISOLIERTE LEICHE

„Ich bin wirklich völlig isoliert auf diesem gottverlassenen Friedhof – kein Mensch kennt mich oder sonst jemanden da!“

Zutiefst frustriert über ihren neuen Wohnort, entschloss sich Lady Idyllia Waldlump, auf einen ***Prominenten***friedhof umzuziehen.

Dort kannte sie zwar auch keiner – wohingegen ***sie*** dafür die weitaus ***meisten*** der hier ***fürstlich*** Residierenden kannte!

Wenigstens dem Namen nach …

DER PAPST ALS KRAWALLMACHER

Da ja die gesamte Kirchengeschichte einen einzigen „Krawall“ ausdrückt – um es noch liebevoll und schmeichelhaft zu formulieren –, kann man leider selbst bei bestem Wohlwollen auch ihr jeweiliges Oberhaupt, das sich nämlich so gut wie nie von den Sünden der Vorgänger zu distanzieren pflegt, nur als unheiligen ***Krawallmacher*** bezeichnen …

DIE LISTIGE LEICHE

Mrs. Patricia Zwerggeist hatte vorausschauenderweise ihre Sterbeurkunde mit in den Sarg genommen.

So konnte sie ihm ihren Zustand jederzeit beweisen – falls er diesen wegen ihres ständigen ***Wortschwalls*** „reklamieren“ sollte …

DER PAPST ALS KOHLKOPF

„Schnittlauch im Garten des Herrn!“, schwelgte genießerisch Papst Mastbirn der Große, dessen Gedanken ständig auf die eine oder andere Weise um kulinarische Freuden kreisten.

„Warum denn so bescheiden!“, ließ sich Bischof Dolfino Rostzwirn hinreißen, „Ein ***Kohlkopf*** stünde Eurer Heiligkeit doch weit besser an!“

Worauf er den Vorwitzigen augenblicklich exkommunizierte – und seine lukullischen Träumereien für diesen Tag beendete, indem er sich eine kräftige Mahlzeit bestellte.

DER PAPST ALS WALDTAUBE

In einer Vision träumte Papst Edeltraube,
er käme als betörend hübsche ***Waldtaube***
wohl um vieles ***leichter*** unter die Haube.

Doch fehlte ihm beim Erwachen leider der ***Glaube*** –
und so blieb er weiter in seiner vatikanischen Laube.

DER PAPST ALS SCHNÜRSENKEL

Nachdem er sich in seiner grenzenlosen Einfalt zeitlebens immer nur über den „Pferdefuß“ Satans mokiert hatte, an dem er ja sogleich erkennbar sei, durfte Papst Busenhengst der Üppige dann später, als er bei seinem neuen Dienstherrn einquartiert worden war, mit eigenen Augen erfahren, welche ***Vielfalt*** an Beinen und ***Schuhen*** dem Höllenfürsten doch zur Verfügung steht.

Weshalb er ihm fortan – insbesondere bei seinen Erdausflügen – als „heilige Schnürsenkel“ diente.

DER PAPST ALS STROHPUPPE

Nachdem die Kräfte von Papst Wasserschnabel III. mehr und mehr erlahmt waren und er sich nahezu willenlos für die Zwecke der Kurie einspannen ließ, gedachte er sich zum Abschied mit einem „Denkzettel" zu revanchieren: Anstelle seines Leichnams fand man eine bloße ***Strohpuppe*** im heiligen Bette vor.

„Auch gut", meinten indes völlig ungerührt die Kardinäle, „Stroh brennt ohnehin besser!"

Und wählten unverzüglich ein neues Oberhaupt.

PLAKATE UND PLAGIATE

Plakate und Plagiate haben eines gemeinsam
– sie sind in der Regel kaum jemals ***einsam***!

DIE LETZTEN FAHRGÄSTE ODER
DIE ÄNGSTLICHE GEISTERBAHN

Als die letzten Fahrgäste sie nachts verlassen hatten,
stand die Geisterbahn ganz ***allein*** nun im Schatten.

Es wurde ihr fast ein wenig ängstlich zumute,
das machte sie beinahe ***menschlich***, die Gute.

Am nächsten Tage freilich war alles wieder vergessen –
darin konnte ***erst recht*** sie mit Menschen sich messen!

DER UNZULÄNGLICHE

Ohne es richtig erklären zu können, fühlte sich Marquis Filibuster Dorfblum zeitlebens immer ein wenig unzulänglich.

Erst als er nach ***drüben*** heimgekehrt war, stellte er mit Genugtuung fest, dass er seine Zulänglichkeit offenbar wieder voll erreicht hatte.

DER UNZUGÄNGLICHE

Seit dem Tode von Gemahlin Florabella und Dogge Amelia lebte der kleinwüchsige Signor Gigolino Wasserkuss völlig zurückgezogen in der im Gestrüpp seines Gartens versteckten Hundehütte und empfing keinerlei Besuche mehr.

„Für mich alleine brauche ich all den Luxus im Hause nicht!“, hatte er kurz davor noch einem Freunde versichert. Und warum er dann nicht verkaufe oder vermiete?

„Falls mir doch wieder einmal eine Gattin oder ein Hund zulaufen sollte, würde ich selbstverständlich in alter Frische ***erneut*** dort residieren!“

DER UNVERFÄNGLICHE

Sir Terence Waldrüssel hielt sich selber immer für absolut ***un***verfänglich.

Bis er sich in einem ***Kraken*** – mit Namen Alisa – verfing und ihn unverzüglich ehelichte.

DER UNZULÄSSIGE

Auf Grund seiner Vorgeschichte war Señor Amarillo Kaltduscher im ganzen Lande eigentlich strikt ***un***zulässig.

Doch fand er einen schlauen Weg, dies nicht nur zu umgehen, sondern ins genaue ***Gegenteil*** zu verkehren:

Er wurde Politiker.

DER MAJESTÄTISCHE NACHTFALTER

Ein überaus majestätischer Nachtfalter
traf einen weltmännischen Tagfalter.

Er engagierte ihn sogleich für die Tagesarbeit,
hatte er doch leider für diese kaum jemals Zeit.

Und als er mit ihm ausnehmend zufrieden war,
wurde aus beiden auch noch ein hübsches Paar!

DIE BESESSENE LEICHE

Mrs. Cathy Kleingaul war so besessen davon, tot zu sein, dass sie gar nicht merkte, längst wieder als Bärbel Weinrüssel geboren worden zu sein.

Den neuen Eltern Lara und Camillo fiel ihre „Erziehung“ deshalb wahrlich schwer, weil sie sich bis in die Flegeljahre hinein stur wie eine Leiche verhielt.

Man darf aber wohl durchaus vermuten, dass es jenen Eltern, deren Nachwuchs sich selbst für ***lebendig*** hält, noch um einiges ***schlimmer*** ergeht …

DIE FRIEDVOLLE LEICHE

„Bin ***ich*** froh, dass ich endlich meinen Frieden habe!“ Genüsslich streckte sich Monsieur Arsène Putzlaus im Sarg – als Nachbar Conte Vittorio Perlhuhn bei ihm anklopfte.

„Nicht mal im Tode hat man seinen Frieden!“, durchfuhr es ihn zunächst – doch besann er sich sogleich, diesen nicht unnötig aufs Spiel zu setzen, weshalb er den Besucher zu sich einlud.

Und wer hätte das gedacht – aus den beiden wurde ein überaus ***friedvolles*** Paar!

DIE LYRISCHE LEICHE

Eine Leiche schrieb jeden Tag ein Gedicht,
allein – ihr Sarg ***würdigte*** es einfach nicht.

Erst als sie ***ihm*** schwärmerisch huldigte,
er sich für seine Ignoranz entschuldigte!

DER PAPST ALS FLIEDERSTRAUCH

„Wenn ich dereinst vor den Herrn trete, dann keineswegs in meiner armseligen ***päpstlichen*** Gestalt, sondern nur als blühender Fliederstrauch!“, ließ Papst Federhecht der Gewandte zuversichtlich, doch unachtsamerweise mehrmals öffentlich verlauten.

Worauf er schließlich wegen „Herabwürdigung des Heiligsten Amtes“ von diesem enthoben wurde.

Aber dermaßen ***befreit***, vermochte er später seinen Wunsch mit ***Bravour*** zu erfüllen …

DER PAPST ALS FRIEDHOFSGÄRTNER

Wie viele andere – durchaus ***geistreichere*** Kapazitäten – betrachtete auch Papst Tollkirsch der Kühne die Welt als einen einzigen Friedhof.

Mit dessen gärtnerischer ***Ausgestaltung*** er sich freilich kraft seines Amtes betraut sah. Wobei er vorzugsweise Unkraut und Brennnesseln pflanzte – die er dann mit heiligem Vergnügen wieder ausriss.

Gegen Dämlichkeit ist eben wahrlich ***kein*** Kraut gewachsen!

DIE PROSPERIERENDE LEICHE

„Ich entwickle mich in jeder Hinsicht ***prächtig*** in die gewünschte Richtung!“, stellte Madame Prospertina Küchenluder tiefbefriedigt fest, als sich ihr ehemaliger Körper im Sarge immer mehr seinem „Kernzustand“ näherte.

Als dann aber – sogar schon „vor der Zeit“ – eine ***neuerliche*** Geburt anstand, seufzte sie nur lakonisch: „Oje, jetzt kommt wohl wieder die unausweichliche ***Flaute*** auf mich zu!“

DIE FLEGELHAFTE LEICHE

„Ob ihr es glaubt oder nicht – ihr ***könnt*** mich alle mal!“, begrüßte Mrs. Myrtle Ashgreen ihre Genossinnen auf dem Friedhof, als sie dort einquartiert wurde.

Sie wollte gleich von Anbeginn zeigen, dass sie ***nicht*** zu „denen“ gehörte!

Irgendwann aber empfand sie ihre Flegelhaftigkeit, mit der sie sich natürlich völlig isolierte, denn doch als etwas hinderlich – und versuchte, sich ein wenig gesitteter zu betragen.

Um zumindest ***hier*** noch späten Anschluss zu finden …

DIE FLATTERHAFTE LEICHE

Die überaus charmante Mrs. Bärbel Hinterfotz hatte eine stattliche Reihe ganz spezieller Verehrerinnen und Verehrer auf dem Friedhof und konnte sich einfach nicht entscheiden zwischen ihnen.

So ehelichte sie eben ***alle***.

Dies ist der entscheidende Vorzug von Leichen – sie müssen sich keinen spießigen Gesetzen angleichen!

DER PAPST ALS KALBSHIRN

„Jungfräulich wie ein Kalbshirn“ fühlte sich Papst Ravioli der Leckere, als er sein heiliges Amt antrat.

Und „Ausgeleiert wie ein Mastzwirn“, als er es wieder verließ.

Was soll man ***dem*** wohl noch hinzufügen?

DIE WEISSE STATUE

Bei Umbauarbeiten in einem edlen Patrizierhaus fand man überraschend eine weiße Statue.

Da man nicht wusste, was man mit ihr anfangen solle, färbte man sie ***rot*** – damit sie ein wenig „moderner“ wirke.

Printed by Books on Demand GmbH, Norderstedt / Germany